O macaco como homem

Wilhelm Hauff

tradução e adaptação de Myriam Ávila
ilustrações de Laurent Cardon

editora scipione

Edição
Adilson Miguel

Editora assistente
Fabiana Mioto

Preparação de texto
Ciça Caropreso

Revisão
Paula Teixeira e
Thirza Bueno

Edição de arte
Marisa Iniesta Martin

Diagramação
Rafael Vianna

*Programação visual de capa,
miolo e encarte*
Aida Cassiano

Cartografia
Mario Yoshida

Elaboração do encarte
Fabiana Mioto

editora scipione

Av. Otaviano Alves de Lima, 4400
6º andar e andar intermediário Ala B
Freguesia do Ó
CEP 02909-900 – São Paulo – SP

DIVULGAÇÃO
Tel.: 0800-161700

CAIXA POSTAL 007

VENDAS
Tel.: (0XX11) 3990-1788

www.scipione.com.br
e-mail: scipione@scipione.com.br

2011
ISBN 978-85-262-8218-6 – AL
ISBN 978-85-262-8219-3 – PR

Cód. do livro CL: 737171

1.ª EDIÇÃO
1.ª impressão

Impressão e acabamento
EGB - Editora Gráfica Bernardi - Ltda.

Traduzido e adaptado de *Märchen*,
de Wilhelm Hauff. Organização de
Bernhard Zeller. Frankfurt am Main:
Insel Taschenbuch, 1976. V.I.

Ao comprar um livro, você remunera e reconhece o trabalho do autor e de muitos outros profissionais envolvidos na produção e comercialização das obras: editores, revisores, diagramadores, ilustradores, gráficos, divulgadores, distribuidores, livreiros, entre outros.

Ajude-nos a combater a cópia ilegal! Ela gera desemprego, prejudica a difusão da cultura e encarece os livros que você compra.

Conforme a nova ortografia da língua portuguesa.

**Dados Internacionais de Catalogação na Publicação (CIP)
(Câmara Brasileira do Livro, SP, Brasil)**

Ávila, Myriam

O macaco como homem / Wilhelm Hauff; tradução e adaptação de Myriam Ávila; ilustrações de Laurent Cardon. – São Paulo: Scipione, 2011. (Série Reencontro infantil)

Título original: *Märchen*.

1. Ficção – Literatura infantojuvenil I. Hauff, Wilhelm, 1802-1827. II. Cardon, Laurent. III. Título. IV. Série.

11-01758   CDD-028.5

Índices para catálogo sistemático:
1. Ficção: Literatura infantil   028.5
2. Ficção: Literatura infantojuvenil   028.5

Sumário

O macaco como homem 6

Quem foi Wilhelm Hauff? 40

Quem é Myriam Ávila? 40

Quem é Laurent Cardon? 40

A história que você vai ler foi escrita há quase duzentos anos na Alemanha. Naquela época não havia televisão, cinema ou rádio. A distração das pessoas era contar casos e jogar. As crianças brincavam nas ruas, pois não havia automóveis. Era comum nas famílias que ao menos uma pessoa tocasse algum instrumento musical, pois só assim era possível ouvir música. As cidades não eram grandes e todos se conheciam e sabiam da vida um do outro, o que naturalmente gerava muitas fofocas e fazia os visitantes serem vistos como seres de outro planeta. É disso que trata a nossa história: da dificuldade que temos de aceitar que alguém viva de forma diferente da nossa.

Meu amigo: sou alemão de nascimento e vivo há muito pouco tempo em sua terra, mas já ouvi muitas histórias interessantes daqui. Agora peço licença para contar algo de minha pátria que poderá diverti-lo. Infelizmente não é uma história nobre, sobre reis, vizires ou paxás, que são títulos equivalentes ao que chamamos hoje de ministros da Fazenda e da Justiça, conselheiros e coisas assim, mas gira modestamente em torno de cidadãos comuns.

No sul da Alemanha fica a cidadezinha onde nasci e fui criado. Seu nome em alemão, muito difícil de pronunciar, significa Prados Verdes. É uma cidadezinha como qualquer outra. No centro, há a pracinha do mercado com uma fonte; de um lado o pequeno e velho prédio da prefeitura; em volta da praça ficam as casas do juiz e dos comerciantes mais ricos; e em algumas ruelas estreitas moram os demais habitantes. Todos se conhecem, todo mundo sabe o que se passa aqui e ali, e quando acontece de o padre, ou o prefeito, ou o médico comerem alguma coisa especial no almoço, já ao meio-dia a cidade inteira está sabendo. À tarde, as senhoras visitam umas às outras. Enquanto tomam café forte com bolo doce, conversam sobre o prato diferente servido na casa de uma dessas pessoas importantes e chegam à conclusão de que o padre ganhou na loteria (que coisa pouco cristã!); que o prefeito recebeu uma propina por baixo dos panos ou que o doutor recebe dinheiro da farmácia para receitar remédios caríssimos. Numa cidade assim tão organizada, meu amigo, você pode imaginar que desagradável foi quando um homem de quem nada se sabia – de onde vinha, o que queria, do que vivia – mudou-se para Prados Verdes. Naturalmente, seu passaporte foi examinado, pois lá existe controle sobre todos que entram e saem.

"As estradas de vocês são assim tão inseguras que é preciso trazer um visto do soberano do seu país para não ser incomodado?", você poderia me perguntar.

Não, meu caro, esses documentos não detêm nenhum ladrão, é só por uma questão de ordem, para que em qualquer lugar se saiba quem é a pessoa que está diante de você.

Pois então: o prefeito tinha examinado o passaporte e comentou com o médico, no café da tarde, que o documento estava corretamente carimbado desde Berlim até Prados Verdes, mas que mesmo assim havia alguma coisa de errado ali, pois o tal homem parecia muito suspeito. Como o prefeito era o cidadão mais respeitado da cidade, não é de espantar que dali em diante o estranho tenha passado a ser visto por todos como suspeito. E a maneira como passou a viver era de fato muito diferente dos nossos costumes. Ele tinha alugado para morar e pagou antecipadamente por uma casa que há muito tempo estava vazia. Mandou vir uma carroça cheia de objetos

estranhos, como fogões, fogareiros, tachos grandes e coisas desse tipo. Vivia completamente isolado. Isso mesmo: ele próprio preparava sua comida e nunca entrava ninguém na casa, a não ser um velhinho que todos os dias levava para ele pão, carne e legumes. Mas o dono da casa atendia o velhinho no corredor e dali ele não podia ver nada.

Eu tinha dez anos quando o tal homem se mudou para a minha cidade natal e até hoje me lembro, como se fosse ontem, da agitação que isso causou no povoado. À tarde ele não ia jogar boliche, como os outros homens da cidade. À noite ele não ia ao bar para conversar sobre as notícias do jornal enquanto fumava um cachimbo. Sempre que o prefeito, o juiz, o doutor ou o padre o convidavam para jantar ou tomar café na casa deles, ele se desculpava e não ia. Por isso começaram a dizer que ele era louco, que não era cristão e até mesmo – afirmavam alguns – que era um feiticeiro. Os anos se passaram; fiz dezoito anos, vinte anos e o homem ainda era conhecido na cidade como "o forasteiro".

Certo dia, porém, chegou à cidade um grupo de pessoas com animais exóticos. Era gente de circo, acompanhada de um camelo que sabia fazer reverências, de um urso que dançava, de alguns cães e macacos que ficavam muito engraçados vestidos como homens e que faziam todo tipo de estrepolias. Essa gente normalmente atravessa a cidade, para nos cruzamentos e praças, toca um tamborzinho e uma flauta, uma musiquinha engraçada, põe os animais para dançar e dar piruetas e depois passa o chapéu, recolhendo dinheiro dos moradores. A trupe que dessa vez apareceu em Prados Verdes trazia alguma coisa a mais: um monstruoso orangotango, quase do tamanho de um homem, que andava sobre duas pernas e sabia fazer toda espécie de truques. Esse circo de cães e macacos parou também diante da casa do forasteiro. No início, quando ouviu o tambor e a flauta, o homem apareceu, sem muita vontade, meio escondido pela escuridão, por trás das janelas embaçadas de sua casa. Logo, porém, ficou mais amigável; mostrou-se – para espanto de todos – abertamente na moldura da janela e riu com muito gosto das estrepolias do orangotango. E mais: ele pagou pelo espetáculo com uma moeda de prata tão grande que a cidade inteira comentou o fato.

Na manhã seguinte, a companhia de animais seguiu seu caminho. O camelo foi posto de novo para carregar os muitos balaios em que os cães e macacos viajavam confortavelmente. O domador e o orangotango iam a pé, atrás do camelo. Encaminharam-se para as portas da cidade (as nossas cidades, naquela época, eram cercadas). Poucas horas depois, o forasteiro mandou chamar o serviço postal e encomendou ao encarregado, para grande espanto dele, uma diligência. Partiu, então, em direção à mesma porta pela qual os animais haviam passado. Toda a cidadezinha se irritou por não poder descobrir aonde ele tinha ido. Já era noite quando o forasteiro apareceu de novo diante do portão. Com ele vinha mais uma pessoa na carruagem, o chapéu afundado sobre o rosto, as orelhas e a boca cobertas por um cachecol. O oficial-porteiro entendeu que era sua obrigação interrogar o segundo forasteiro e pedir-lhe o passaporte; ele, porém, respondeu de forma muito grosseira, esbravejando em uma língua incompreensível.

"É o meu sobrinho", disse o outro com um sorriso ao oficial-porteiro, colocando-lhe nas mãos algumas moedas de prata; "é o meu sobrinho, que por enquanto não entende muito alemão. Ele acabou de reclamar um pouco, no seu dialeto, por termos parado aqui."

"Bom, se ele é seu sobrinho", respondeu o oficial, "pode passar sem passaporte. É certo que ele vai se hospedar com o senhor?"

"Sem dúvida", disse o forasteiro, "e parece que ficará na cidade por um bom tempo."

O oficial-porteiro não perguntou mais nada e deixou o forasteiro e seu sobrinho entrarem na cidade. O prefeito e toda a cidade, no entanto, não ficaram muito satisfeitos com o porteiro. Ele deveria ter, pelo menos, memorizado algumas palavras do sobrinho. Assim se poderia descobrir de que país vinham ele e o senhor seu tio. O porteiro afirmou, contudo, que não se tratava nem de francês nem de italiano, mas soara bem parecido com inglês e, se não lhe falhava a memória, o jovem tinha dito *"God dam!"*, que é um xingamento naquela língua. Desse modo, o porteiro se livrou da dificuldade e ao mesmo tempo forneceu um apelido ao rapaz. Pois agora só se falava dele na cidadezinha como "o jovem inglês".

O jovem inglês também não aparecia nem no boliche nem na taverna, mas em compensação dava muito que falar ao povo de outras formas. É que frequentemente acontecia de, da casa antes tão silenciosa do forasteiro, partir uma terrível gritaria e um barulho de quebra-quebra que mantinham constantemente um ajuntamento de gente parada em frente dela, com os olhos fixos nas janelas. As pessoas viam, através das vidraças, o jovem inglês, vestido com um fraque vermelho e calças verdes, os cabelos eriçados e uma cara de dar medo, correndo de lá pra cá a uma incrível velocidade. O senhor forasteiro corria atrás dele, vestido com um camisolão e segurando um chicote, que quase nunca acertava o alvo. Mas outras vezes parecia à multidão lá fora que ele tinha acertado o rapaz, pois ouviam-se gemidos de medo e o estalar do chicote. Esse tratamento cruel sofrido pelo jovem chocou de tal modo as senhoras da cidade que elas finalmente conseguiram que o prefeito tomasse uma providência. Ele escreveu um bilhete ao forasteiro em que o acusava de intoleráveis maus-tratos ao sobrinho e ameaçava, caso tais cenas se repetissem, retirar o jovem de sua casa.

Ninguém, no entanto, se espantou mais que o prefeito ao ver o forasteiro em pessoa diante de sua porta pela primeira vez em dez anos! O velho senhor desculpou-se por seu comportamento com o rapaz, alegando ter recebido uma recomendação especial dos pais dele, que lhe haviam entregado o filho para criar. Afirmou que, de maneira geral, ele era um jovem inteligente e dócil, mas tinha grande dificuldade em aprender línguas. O tio desejava muito que o sobrinho falasse alemão com fluência, para introduzi-lo de maneira tranquila na sociedade de Prados Verdes; entretanto, era tão difícil para o jovem aprender as lições que não havia outro jeito senão chicoteá-lo. O prefeito se deu por totalmente satisfeito com essa explicação, pois naquela época era permitido aos mais velhos castigar com surras seus filhos e sobrinhos. Mesmo assim, aconselhou ao senhor que não fosse tão violento. Naquela noite, contou a seus amigos, na taverna, que poucas vezes ele tinha visto um homem tão distinto e bem-posto quanto o forasteiro. "É uma pena", continuou, "que ele participe tão pouco da nossa sociedade; mas acredito que, quando o sobrinho já estiver falando alguma coisa de alemão, passará a fre-quentar nossos círculos com mais assiduidade."

Após essa única visita, a opinião dos cidadãos mudou da água para o vinho. O forasteiro passou a ser considerado um homem dis-tinto; todos queriam conhecê-lo mais de perto e ninguém via nada de mais quando, ocasionalmente, recomeçava a gritaria na casa fechada. "Ele está ensinando alemão ao sobrinho", diziam os prado-verdenses, prosseguindo seu caminho sem se incomodar. Mais ou menos três meses depois, as lições de alemão pareciam ter chegado ao fim, pois agora o velho avançara para uma nova etapa. Vivia na cidade-zinha um francês meio decadente que ensinava os jovens a dançar. O forasteiro mandou chamá-lo e lhe disse que queria que o sobrinho tivesse aulas de dança. Explicou que ele, apesar de muito dócil, era um pouco original em matéria de dança, pois havia algum tempo tinha aprendido com outro professor uns passos bastante estram-bóticos que não serviam para dançar em ambientes decentes. O jovem, porém, considerava-se, por isso mesmo, um grande dançarino,

embora seu bailado em nada lembrasse a valsa ou o galope, ou tivesse alguma semelhança com outras danças da época, como a escocesa e a francesa. O forasteiro ofereceu uma moeda de ouro por hora e o professor de dança aceitou com prazer a tarefa de ministrar aulas ao cabeçudo discípulo.

Nunca houve nada tão esdrúxulo quanto essas lições de dança. Era o que o francês comentava em voz baixa com pessoas de sua confiança. O sobrinho, rapaz alto e esbelto, porém de pernas um tanto curtas, aparecia de fraque vermelho, muito bem penteado, vestindo calças verdes longas e sapatos de verniz. Falava pouco e com sotaque, e no início se comportava muito bem, com toda a docilidade; mais tarde, punha-se de repente a pular como um louco, dando perigosas piruetas e fazendo rodopios que deixavam o professor completamente tonto. Se tentava corrigir o aluno, este arrancava dos pés os elegantes sapatos de dança e os atirava na cabeça do francês, pondo-se a correr de quatro pela sala. Ouvindo o barulho, o velho tio saía apressado de seu quarto e fazia o chicote cantar nas costas do sobrinho. Este, então, começava a berrar escandalosamente, pulava sobre as mesas e cômodas altas e até nas esquadrias das janelas, falando o tempo todo em uma língua estrangeira muito exótica. Porém, o velho não se deixava confundir: agarrava-o pelas pernas, puxava-o para baixo, surrava-o sem piedade e apertava o seu colarinho com uma fivela. Com isso, o rapaz se tornava novamente dócil e educado e a aula podia continuar sem problemas.

Quando, no entanto, o aluno já progredira a ponto de poder dançar ao som de música, ele pareceu sofrer uma transformação. Foi contratado um músico que, no salão da sinistra casa, tinha de se sentar sobre uma mesa. O professor, então, fazia o papel da dama, com uma saia de seda e um xale indiano que o velho lhe trazia. O sobrinho tirava o professor para dançar e começava a rodopiar, valsando com ele. Mas o rapaz era um dançarino muito veloz e incansável; não soltava o mestre de seus longos braços, mesmo que este gemesse e gritasse, e o obrigava a dançar até desmaiar de cansaço ou até a mão do músico tombar, esgotada, do violino. Essas lições de dança quase acabavam com a vida do pobre professor, mas a moeda de ouro que ele recebia sem falta ao fim de cada aula e o bom vinho que o velho lhe servia faziam com que sempre voltasse, mesmo que no dia anterior tivesse jurado por todos os santos nunca mais pôr os pés naquele casarão sombrio.

Mas os habitantes de Prados Verdes viam a coisa com outros olhos. Eles achavam que o jovem tinha muito talento para a vida social, e a mulherada da cidade se alegrava com a perspectiva de ter um dançarino tão animado em seus bailes no inverno seguinte, pois o número de cavalheiros que dançavam era pequeno na cidade.

Certa manhã, as criadas que voltavam do mercado contaram a seus patrões que em frente ao casarão do forasteiro tinham visto uma maravilhosa carruagem envidraçada, atrelada a belos cavalos. Um lacaio em rica libré* segurava a portinhola aberta. De repente, abriram-se as portas do solar e dois senhores bem vestidos saíram. Um era o velho forasteiro e o outro, talvez, o jovem senhor, que tanta dificuldade tivera em aprender o alemão e que dançava tão velozmente. Os dois subiram na carruagem, o lacaio pulara para seu lugar na tábua lateral, e a carruagem, imagine só!, dirigira-se de imediato para a casa do prefeito!

Assim que as senhoras ouviram de suas criadas a novidade, arrancaram ligeiras seus aventais de cozinha e suas toucas não muito limpas e trataram de vestir uma roupa mais elegante. Todas corriam de lá para cá a arrumar a sala de visitas, que não era usada só como sala de visitas, mas para todo tipo de trabalho. "Não há dúvida nenhuma", dizia cada dona de casa a sua família, "não há dúvida nenhuma de que o forasteiro está apresentando o sobrinho à sociedade. É verdade que o velho louco não teve, em dez anos, a educação de vir nos visitar, mas tudo lhe será desculpado em consideração ao sobrinho, que dizem ser uma criatura muito agradável." Assim falavam elas, recomendando a seus filhos e filhas que se comportassem bem quando os forasteiros chegassem, mantendo as costas retas e usando uma linguagem melhor que a de costume. E as espertas damas da cidadezinha não erraram em suas previsões, pois o velho senhor e seu sobrinho visitaram uma a uma, para se apresentar e conquistarem a simpatia das famílias.

....

* Uniforme usado na rua pelos criados dos ricos, com cores que indicavam para qual família eles trabalhavam.

　Por todo lado só se falava nos dois agradáveis forasteiros, e todos lamentavam não terem feito amizade com eles antes. O velho senhor se mostrava um homem distinto, muito sensato, apesar de dar um sorrisinho a cada coisa que dizia, deixando todos na dúvida se falava a sério ou não. Conversava sobre o tempo, a região, os divertimentos de verão na taverna junto à colina, com tanta inteligência e simpatia que todos se encantavam. Mas o sobrinho! Esse encantou a todos, ganhou todos os corações. Bonito ele não era: a metade inferior de seu rosto, principalmente o queixo, era muito protuberante, e a pele grossa demais. Além disso, fazia caretas estranhas e variadas, apertava os olhos e mostrava os dentes. Porém, o conjunto de seus traços faciais era considerado extremamente interessante. Não poderia haver nada mais ágil e vivo do que sua figura. As roupas talvez não lhe assentassem perfeitamente no corpo, mas como tudo mais ficava bem nele! Passeava pela sala com muita animação, atirava-se aqui sobre um sofá, lá sobre uma poltrona e jogava as pernas mais adiante. Mas o que em outro rapaz pareceria grosseiro e mal-educado, era tido no sobrinho como sinal de gênio. "Ele é inglês", comentavam, "os ingleses são assim. Podem se esparramar em um canapé e cochilar enquanto dez damas se mantêm de pé, sem terem onde sentar; não se pode considerar isso mal em um inglês." Para com o velho, seu tio, ele era muito dócil, pois quando começava a pular sala afora ou, como gostava de fazer, punha os pés na poltrona, bastava um olhar severo para que ele se comportasse melhor. E como levá-lo a mal se o próprio tio, em cada visita, dizia à dona da casa: "Meu sobrinho ainda está um pouco cru e mal-educado, mas tenho muita esperança no seu convívio social. Em contato com as boas famílias daqui, ele vai melhorar muito e eu o recomendo especialmente à senhora, com o maior empenho".

E assim o sobrinho foi apresentado à sociedade, e toda a cidade, nesses e nos dias que se seguiram, não falou em outra coisa. Mas o velho senhor não parou por aí. Ele parecia ter mudado totalmente seu modo de pensar e agir. Às tardes ia com o sobrinho à Taverna do Rochedo, ao pé da montanha, onde tomavam cerveja com os cidadãos mais importantes do lugar e se divertiam jogando boliche com eles. O sobrinho se mostrou um mestre no jogo, pois nunca derrubava menos de cinco ou seis pinos. De vez em quando parecia tomado por algum espírito, pois acontecia de entrar com bola e tudo na pista, com a velocidade de um raio, fazendo o maior escarcéu, ou então, quando conseguia derrubar a coroa ou o rei, ficava de repente de ponta-cabeça sobre seus cabelos elegantemente frisados e com as pernas esticadas para o alto, ou ainda, quando uma carruagem passava lá fora, pulava num piscar de olhos no teto do coche, de onde ficava fazendo caretas. Seguia com a carruagem por alguns instantes, depois pulava e voltava à companhia dos amigos.

Quando essas cenas ocorriam, o velho senhor fazia questão de pedir muitas desculpas ao prefeito e aos demais senhores pela falta de modos do sobrinho. Mas eles riam e atribuíam tal comportamento à sua pouca idade. Eles próprios tinham feito muitas estripulias nessa idade, e sentiam imenso carinho pelo jovem *Springinsfeld*, como o chamavam.

Mas também havia ocasiões em que eles se irritavam bastante com o rapaz, sem, no entanto, terem coragem de reclamar, já que o jovem inglês era tido por todos como um modelo de inteligência e cultura. É que à noite o velho tio costumava levá-lo ao salão de jogos onde os homens da cidade se reuniam. Apesar de ser ainda muito novo, o sobrinho se comportava como homem feito. Sentava-se diante de seu copo, colocava uns óculos horrorosos, puxava um imenso cachimbo, acendia-o e punha-se a soltar mais fumaça que qualquer um. Se alguém começava a comentar as notícias dos jornais, a discutir sobre guerra e paz, o médico dando uma opinião e o prefeito outra, enquanto os demais se admiravam dos profundos conhecimentos dos dois, daí dava na cabeça do sobrinho ter uma opinião totalmente diversa. Batia na mesa com as mãos, que nunca eram vistas sem luvas, e mostrava ao prefeito e ao doutor, com a maior clareza, que eles não sabiam nada de nada, que ele próprio tinha informações diferentes e

22

possuía uma visão bem mais completa da situação. E, num alemão muito estropiado, dizia o que pensava do assunto. Para grande irritação do prefeito, todos achavam as ideias do sobrinho muito certas, já que ele, como inglês, naturalmente deveria ser muito bem informado.

    O prefeito e o médico ficavam furiosos, mas não podiam demonstrar sua raiva. Sentavam-se então para uma partida de xadrez. Lá vinha o sobrinho de novo, espiava sobre o ombro do prefeito com seus óculos enormes, criticava essa e aquela jogada, dizia ao doutor como mexer as peças, o que os deixava irritadíssimos. O prefeito, de má vontade, o convidava então para uma partida, certo de que lhe daria um xeque-mate, pois se considerava um grande campeão de xadrez. Nesse momento, o velho senhor apertava bem justo o colarinho do sobrinho, o que o fazia voltar a se comportar com educação. Aí, educadamente, o jovem inglês dava, ele próprio, um xeque-mate no prefeito.

Até então, era costume jogar baralho todas as noites em Prados Verdes, a uma moedinha de cruzado a partida. O sobrinho achava a quantia ridícula e apostava logo moedas valiosas: coroas e ducados. Afirmava que ninguém sabia jogar tão bem quanto ele. Todos se ofendiam, mas depois se acalmavam, pois o rapaz perdia somas imensas para eles. Os homens da cidade não sentiam nenhum peso na consciência por arrancar tanto dinheiro dele, pois pensavam: "É um inglês e, portanto, já é rico de nascença". E enchiam os bolsos de ducados.

E assim o sobrinho do forasteiro em pouco tempo ficou famoso na cidade e arredores. Ninguém se lembrava, até onde a memória podia alcançar, de já ter visto um dia um jovem desse tipo em Prados Verdes. Era o fenômeno mais surpreendente que qualquer um já vira por ali.

Não se podia dizer que ele tivesse aprendido alguma coisa além de, talvez, dançar. Latim e grego eram para ele, literalmente, línguas mortas. Certa vez, num jogo de salão na casa do prefeito, ele precisou escrever alguma coisa, e aí se descobriu que ele não sabia escrever o próprio nome. Em geografia, dava os mais redondos foras, pois não hesitava em colocar uma cidade alemã na França ou em transferir uma da Dinamarca para a Polônia. Nunca tinha lido um livro, não estudara nada e o padre muitas vezes balançava a cabeça com tristeza diante da ignorância do jovem. Mas apesar disso todos achavam excelente tudo o que ele dizia ou fazia, já que ele era tão descarado em sua pretensão de estar sempre certo e já que toda fala sua terminava em: "Eu é que entendo disso!".

Assim o inverno foi chegando, e o sobrinho surgiu com ainda mais glória. Que aborrecida era a reunião a que ele não comparecia! As pessoas bocejavam quando alguém dizia alguma coisa sensata. Mas, se o sobrinho pronunciasse a mais disparatada loucura em péssimo alemão, os outros ouviam com a maior atenção. Descobriu-se nessa ocasião que o rapaz também era poeta, pois raro era o sarau em que ele não puxava do bolso um papel e lia um soneto para o público.

Claro que sempre havia quem afirmasse que os tais poemas eram, em parte, ruins e sem sentido, e que os versos bons pareciam copiados de livros de outros poetas. Mas o sobrinho não se incomodava: lia e lia, chamava a atenção para a beleza de seus versos e, a cada leitura, recebia estrondosos aplausos.

Seu maior triunfo, porém, eram os bailes de Prados Verdes. Ninguém conseguia dançar durante tanto tempo e com tal velocidade como ele; ninguém dava piruetas tão rápidas e de tão rara elegância quanto as dele. Aliás, o tio o vestia sempre na última moda – e mesmo que as roupas caras não lhe caíssem bem, a opinião geral era de que tudo ficava bonito naquele rapaz. É verdade que nessas danças os homens se ofendiam um pouco com a maneira original com que ele se exibia. Antes, era sempre o prefeito que abria o baile, e

os jovens das melhores famílias tinham depois o direito de comandar as danças seguintes, mas desde que o jovem forasteiro aparecera, tudo mudara. Sem perguntar muito, ele pegava a primeira dama pela mão, colocava-se com ela no centro do salão, fazia o que bem entendia, era senhor, mestre e rei do baile. No entanto, como as mulheres achavam suas maneiras muito elegantes e agradáveis, os homens não se atreviam a reclamar, e o sobrinho continuava a dar a si mesmo a honra de ser a figura central da festa.

Quem mais se divertia no baile era o velho senhor. Ele não tirava os olhos do rapaz, ria consigo mesmo o tempo todo e quando as pessoas iam até ele fazer elogios a seu amável e refinado sobrinho, mal se aguentava de tanta felicidade. Rebentava então em gargalhadas e parecia tomado pela loucura. Os prado-verdenses atribuíam esses estranhos acessos de alegria ao grande amor que sentia pelo sobrinho, e não achavam nada de mais. Uma vez ou outra, porém, o forasteiro tinha que exercer sua autoridade paterna, pois bem no meio da mais elegante dança o rapaz cismava de subir, com um salto repentino, no tablado onde os músicos tocavam, arrancar das mãos do instrumentista o contrabaixo e pôr-se a arranhar as cordas com o arco, tirando delas os sons mais horrorosos; ou então resolvia inovar e passava a dançar de ponta-cabeça, apoiado nas mãos e com as pernas esticadas para o alto. O tio corria e o puxava para o seu lado, falava bravo com ele e apertava o seu colarinho ainda mais. Imediatamente, ele voltava a se comportar com educação.

Era esse o comportamento do sobrinho em sociedade e nos bailes. Com os costumes, no entanto, acontece o seguinte: os piores se espalham sempre com mais facilidade que os bons, e uma nova moda, por mais ridícula que seja, tem algo de atraente para os jovens. O mesmo aconteceu em Prados Verdes com o sobrinho e seus hábitos extravagantes. Logo que os jovens da cidade perceberam que ele, com seu jeito espaventado, sua risada e tagarelice, as respostas grosseiras que dirigia aos mais velhos, era mais valorizado do que castigado,

e que tudo isso era até considerado sinal de esperteza, pensaram com seus botões: "Isso é moleza. Eu também posso ser espirituoso assim". Esses rapazes eram trabalhadores e responsáveis, mas agora pensavam: "De que adianta ser estudioso, se a ignorância nos leva mais longe na vida?". E abandonaram os livros para ficar se divertindo aqui e ali, nas praças e ruas da cidadezinha. Tinham sido jovens obedientes, que tratavam a todos com gentileza, sempre esperando que lhes dirigissem primeiro a palavra, para depois responder com toda a educação. Agora misturavam-se aos adultos, metiam-se na conversa, davam palpite em tudo e riam do que o prefeito dizia, na cara dele, afirmando serem muito mais sabidos.

Antes os jovens da cidade não gostavam de grosserias e agressividade. Agora cantavam por todo lado canções de mau gosto, fumavam tabaco em cachimbos horríveis e viviam pelos bares mais sujos. Ainda por cima passaram a usar, embora enxergassem perfeitamente, óculos imensos pendurados no nariz, achando-se assim pessoas maduras, por imitarem o famoso sobrinho. Em casa ou durante uma visita, esparramavam o corpo sobre o sofá, sem tirar a bota e a espora, balançavam-se na cadeira diante de gente importante ou descansavam a bochecha sobre os punhos, com os cotovelos fincados na mesa, o que agora era considerado uma atitude encantadora. Não adiantava suas mães e outros adultos lhes dizerem o quanto esses comportamentos eram tolos e deselegantes. A desculpa era que estavam seguindo o belo exemplo do sobrinho do forasteiro. Quando os mais velhos argumentavam que o sobrinho era estrangeiro e que seu comportamento era normal na terra dele, os rapazes prado-verdenses respondiam que tinham o mesmo direito de qualquer inglês, por melhor que este fosse, de se comportar espirituosamente mal. Em resumo: dava dó ver como o mau exemplo do sobrinho rebaixara o nível dos costumes e bons hábitos de Prados Verdes.

Mas o entusiasmo dos jovens em sua vida desgarrada e grosseira não durou muito, pois o caso que se segue alterou de uma vez todo o cenário. A programação social de inverno da cidade deveria ser fechada com um grande concerto, oferecido em parte pelos músicos oficiais da cidade, em parte por outros talentosos músicos amadores de Prados Verdes. O prefeito tocava violoncelo; o doutor, fagote (maravilhosamente, aliás). O farmacêutico, embora não tivesse estudado música, soprava a flauta. Algumas moças haviam ensaiado canções, e tudo fora preparado com capricho. Então o forasteiro comentou que, apesar de o programa estar muito bem montado, faltava evidentemente um dueto, e um dueto sempre deve fazer parte de qualquer concerto que se preze. Todos ficaram um pouco abalados com esse comentário. A filha do prefeito cantava como um rouxinol, mas onde conseguir um cantor que pudesse fazer um dueto com ela? Estavam quase resolvidos a convocar o velho organista, que nos bons tempos tinha uma bela voz de baixo, quando o forasteiro afirmou que não seria necessário, já que seu sobrinho cantava muito bem. Foi uma grande surpresa para todos saber de mais essa qualidade do rapaz. Ele foi chamado para um teste e, exceto por seus modos esquisitos, ficou provado que cantava como um anjo. Junto com a filha do prefeito, ensaiou o dueto às pressas, pois chegava o dia em que os ouvidos dos prado-verdenses iriam se deliciar com o concerto.

O forasteiro, infelizmente, não poderia testemunhar o triunfo de seu sobrinho porque estava doente; mas transmitiu ao prefeito algumas instruções sobre o rapaz. "Ele é uma boa alma, meu sobrinho", disse, "mas de vez em quando é tomado por certas ideias estranhas e começa a fazer das suas. Por isso lamento não poder estar presente no concerto, pois diante de mim ele se comporta, e tem bons motivos para isso! Devo dizer, entretanto, honra seja feita, que não se trata de mau temperamento, e sim de um problema fisiológico que faz parte da sua natureza. O senhor me faria o favor, senhor prefeito, de, quando ele for atacado por tais ideias, e resolver se sentar sobre a estante de partitura ou se meter a arranhar o contrabaixo, ou coisa desse tipo, afrouxar um pouco o colarinho da camisa dele ou, se ele não tomar jeito, até mesmo arrancar seu colarinho? O senhor verá como ele vai se acalmar e voltará a se comportar."

O prefeito agradeceu ao doente pela confiança e prometeu, se fosse necessário, agir como ele pedia.

A sala de concertos estava lotada, pois toda a cidade e os habitantes dos arredores estavam ali reunidos. Todos os caçadores, padres, funcionários públicos, fazendeiros e outros profissionais que moravam a até três horas dali tinham ido a Prados Verdes com seus inúmeros familiares para compartilhar com os cidadãos esse prazer tão raro. Os músicos municipais foram os primeiros a se apresentar e fizeram muito sucesso. A eles seguiu-se o prefeito, ao violoncelo, acompanhado pelo farmacêutico, que tocava flauta. Logo depois, o organista cantou uma ária* com sua voz de baixo profundo, sendo aplaudido com entusiasmo. Também o médico mereceu aplausos gerais com seu fagote.

A primeira parte do concerto tinha acabado e todos aguardavam ansiosos a segunda parte, na qual o jovem forasteiro cantaria em dueto com a filha do prefeito. O sobrinho estava vestido com um terno muito elegante e havia muito chamava a atenção de todos os presentes. É que, sem pedir autorização, ele tinha se instalado na poltrona de

....

* Canção para uma só voz, que em geral faz parte de uma ópera ou representação teatral cantada.

honra reservada à mulher do conde, que morava em um castelo próximo à cidade. O jovem esticou as pernas ao máximo e passou a encarar as pessoas uma por uma, através de um ridículo binóculo que colocara por cima dos óculos. Além do mais, brincava com um cão muito grande que, apesar da proibição, levara à sala de espetáculos. Quando chegou a condessa, para quem tinha sido reservada a poltrona, levantar-se e ceder-lhe o lugar foi coisa que nem passou pela cabeça do sobrinho. Ele se esparramou ainda mais na poltrona e ninguém teve coragem de lhe dizer nada. A nobre dama, diante disso, foi obrigada a se contentar com uma cadeira de palhinha comum, no meio das senhoras sem título de nobreza, o que decerto a irritou bastante.

Durante a bela *performance* do prefeito, no decorrer da impressionante apresentação do organista, até mesmo enquanto o médico executava suas fantasias no fagote e prendia o fôlego da plateia emudecida, o sobrinho brincava com o cão ou tagarelava em voz alta com o vizinho, de modo que aqueles que não o conheciam se espantavam com o comportamento do rapaz.

Diante disso, todos ficaram ainda mais curiosos para ver como ele se sairia em seu dueto. A segunda parte do concerto começou. Após uma peça mais curta tocada pela orquestra, o prefeito levou sua filha até o jovem e lhe disse: "*Messiê*! O senhor nos daria a honra de cantar o dueto?". O rapaz riu, arreganhou os dentes, levantou-se de um pulo e os outros dois o acompanharam até a estante de música, sob a expectativa de toda a plateia. O organista agitou a baqueta e piscou para o sobrinho, para que ele começasse. Este examinou a partitura através das grossas lentes dos óculos e emitiu uma série de gemidos estrondosos. O organista chamou-lhe a atenção: "Dois tons abaixo, meu caro, cante em dó, em dó!".

Mas, em vez de cantar em dó, o sobrinho tirou o sapato e jogou-o na cabeça do organista, fazendo o talco pó de arroz de sua peruca voar em todas as direções. Quando o prefeito viu isso, pensou: "Ah! Ele está tendo seu ataque fisiológico". Correu para o palco, agarrou o rapaz pelo pescoço e afrouxou seu colarinho; mas aí é que ele se tornou ainda mais selvagem. Já não falava alemão, e sim uma língua estranhíssima, que ninguém entendia, e dava pulos formidáveis. O prefeito ficou desesperado com o distúrbio e resolveu, diante de tal surto, retirar o colarinho do jovem. Mas, assim que conseguiu, ficou paralisado de susto, pois debaixo da roupa o rapaz apresentava não a pele e a cor de um homem, mas pelos marrons. E enquanto saltava cada vez mais alto e com mais fúria, o sobrinho passou as mãos enluvadas na cabeça e arrancou os formosos cabelos, que, ó espanto!, eram uma peruca, que foi atirada na cara do prefeito. Sua cabeça aparecia agora coberta pela mesma pelugem escura.

Sentava-se sobre mesas e bancos, jogava a estante de música para lá e para cá, pisava em violinos e clarinetes e parecia um louco furioso. "Agarrem-no, agarrem-no!", gritava o prefeito, completamente fora de si, "ele enlouqueceu, agarrem-no!". Não era fácil, porém, agarrá-lo, pois ele tirara as luvas e exibia as garras, com as quais ameaçava e arranhava o rosto das pessoas. Finalmente, um corajoso caçador conseguiu prendê-lo. Segurou seus braços um contra o outro, de modo que ele agora só podia espernear, enquanto gargalhava e gritava com voz rouca. As pessoas se reuniram à sua volta e examinaram a estranha criatura, que agora não parecia nem um pouco humana. Um senhor muito sábio da vizinhança, que possuía uma grande coleção de animais empalhados de todo tipo, chegou mais perto, examinou-o com cuidado e então gritou, perplexo: "Deus meu, senhoras e senhores, como podem trazer um animal desses diante de uma companhia tão refinada? Ele não passa de um macaco, um orangotango, ou *Homo troglodytes linnaei*, como é conhecido nos manuais de zoologia. Eu ofereço seis ducados por ele, se me permitirem esfolá-lo para a minha coleção".

Quem seria capaz de descrever o espanto dos prado-verdenses ao ouvirem essas palavras? "O quê, um macaco, um orangotango em nossa sociedade? O jovem forasteiro, um macaco dos mais ordinários!", gritavam e entreolhavam-se, atordoados. Ninguém podia entender, ninguém acreditava nos próprios ouvidos. Os homens examinavam o animal meticulosamente, mas o certo é que ele era e permanecia sendo um macaco em estado natural.

"Mas como é possível?", indagou a mulher do prefeito. "Quantas vezes ele leu seus poemas para mim! Pois ele não se sentou à minha mesa de jantar como as outras pessoas?"

"O quê?", secundou-a a mulher do médico. "Pois ele não tomou café lá em casa tantas vezes e conversou com tanta habilidade e fumou com meu marido?"

"Como? Será possível?", perguntavam os homens. "Pois ele não jogou boliche conosco na taverna e discutiu política, como qualquer um de nós?"

"Como?", queixavam-se todos. "Pois ele não dançou em nossos bailes? Um macaco? Um macaco! É coisa de outro mundo, é feitiçaria!"

"Sim, é feitiçaria e truque do demônio", disse o prefeito, mostrando o colarinho do sobrinho, ou macaco. "Vejam! Nesse colarinho está o segredo de toda a magia que o tornava agradável aos nossos olhos. Do lado avesso há uma frase escrita com letras estranhas. Creio ser latim; será que alguém consegue decifrá-la?"

O monsenhor, homem muito estudado, que tantas vezes tinha perdido uma partida de xadrez para o macaco, adiantou-se, observou o colarinho e disse: "Pois não! São letras latinas, eis o que querem dizer":

Que – engraçado – é – o – macaco
tirando – da – maçã – um – naco

"Sim, sim, é um truque infernal, uma espécie de feitiçaria", prosseguiu, "e tem de ser punido com muito rigor."

O prefeito, que era da mesma opinião, se pôs imediatamente a caminho da casa do forasteiro, que devia ser um bruxo. Seis soldados da Guarda Municipal foram escolhidos para conduzir o macaco e levar o forasteiro imediatamente a julgamento.

Chegaram à casa silenciosa cercados de um número incontável de pessoas, pois todo mundo queria presenciar o desenrolar dos acontecimentos. Bateram à porta, tocaram a campainha três, quatro vezes. Ninguém veio abrir. Irado, o prefeito mandou arrombar a porta e penetrou nos aposentos do forasteiro. Mas ali não encontrou nada além de velhos móveis e utensílios. Nem sinal do dono da casa. Sobre sua escrivaninha, porém, havia um grande envelope endereçado ao prefeito, que o abriu imediatamente e leu:

"Meus caros prado-verdenses!

Quando lerdes esta missiva, já não me encontrarei em vossa cidadezinha, e tereis descoberto há muito de que pátria e que família descende meu amado sobrinho. Tomai a peça que me permiti pregar-lhes como uma útil lição de que não se deve forçar um forasteiro arredio a participar de vossa sociedade! Eu próprio achava-me bom demais para tomar parte em vossos mexericos, vossas deselegantes maneiras e vossos costumes ridículos. Por isso eduquei um orango-tango, que vós tão amavelmente acolhestes como meu representante. Passai bem e usai essa lição na medida de vossas possibilidades!"

Os prado-verdenses sentiram-se humilhados diante de toda a vizinhança. Seu consolo era que tais coisas não tinham ocorrido por meios naturais. Os mais envergonhados eram os jovens de Prados Verdes, por terem imitado os maus modos e as grosserias do macaco. Agora já não se apoiavam nos cotovelos nem se balançavam nas poltronas. Permaneciam em silêncio até que lhes fosse dirigida a palavra, deixavam de lado os óculos e passavam a se comportar bem, como faziam antes. E quando um deles recaía nos ridículos maus hábitos, os prado-verdenses diziam: "É um macaco". O macaco verdadeiro, porém, que por tanto tempo tinha representado o papel de homem, foi entregue à guarda do estudioso de História Natural, que possuía uma coleção de animais empalhados. Ele o deixou no pátio de sua casa, onde o alimenta e exibe como raridade aos passantes, que até o dia de hoje podem vê-lo ali.

38

O macaco como homem

Wilhelm Hauff

adaptação de Myriam Ávila
ilustrações de Laurent Cardon

Um homem muda-se para a cidadezinha de Prados Verdes, ao sul da Alemanha. Lá, todos se conhecem e os mexericos correm soltos. O estrangeiro, que prefere manter-se isolado, desperta a desconfiança dos moradores. Mas tudo muda quando ele apresenta à sociedade local o seu estranho sobrinho, um "jovem" cujas macaquices acabam por influenciar a vida de toda a cidade.

Este encarte faz parte do livro. Não pode ser vendido separadamente.

editora scipione

Os personagens

 Os personagens da história não possuem nomes, todos são identificados por suas funções ou cargos. Encontre no caça-palavras alguns deles.

F	R	D	F	Q	A	I	Ç	P	G	P	A	M	K	G	N	Y	A
V	T	R	A	V	U	Q	L	R	Y	J	S	S	P	I	H	S	Q
F	B	E	R	D	A	P	H	S	L	C	S	O	R	M	Ç	A	G
G	J	T	M	Q	U	L	E	O	Q	Y	N	S	K	Y	V	B	D
J	F	W	A	N	A	R	C	F	M	O	P	F	L	U	M	Y	T
D	E	Y	C	E	U	T	Z	I	F	E	Q	L	J	K	G	S	V
G	Ç	S	E	E	L	L	A	C	A	I	O	H	S	V	E	H	A
O	P	L	U	B	Z	K	E	I	J	I	N	J	I	E	L	O	Q
S	L	X	T	Y	M	L	D	A	N	Ç	J	U	I	Z	V	S	N
P	D	K	I	N	I	D	X	L	Y	S	E	I	R	S	P	S	Z
Q	W	S	C	O	V	M	U	P	B	L	S	M	Z	S	P	Q	M
G	Y	B	O	T	S	G	Q	O	D	I	P	T	R	O	K	G	E
E	A	B	D	I	G	A	S	R	J	B	F	H	O	A	V	M	D
T	V	O	G	E	V	S	A	T	Y	I	R	L	Z	L	H	A	I
S	I	R	S	F	V	Ç	N	E	P	S	Z	T	Ç	E	E	L	C
I	T	B	Z	E	K	E	H	I	D	R	H	C	F	S	J	Z	O
C	W	Q	V	R	X	K	M	R	Y	S	V	B	A	K	A	B	H
G	U	H	L	P	I	I	S	O	G	F	S	E	A	F	K	Q	E
L	O	A	Ç	N	A	D	E	D	R	O	S	S	E	F	O	R	P

2 O homem que se muda para Prados Verdes e seu "sobrinho" também não têm nome. Como eles são conhecidos na cidade?

_____
_____
_____

3 O sobrinho do forasteiro é descrito como feio e mal-educado. No decorrer da história, descobre-se que ele é, na verdade, um macaco. Em sua opinião, como é possível que todos na cidade não tenham reparado que se tratava de um animal, e não de um ser humano?

_____
_____
_____
_____
_____
_____
_____
_____

Relembrando a história

1 O que acontece quando o forasteiro chega à cidade de Prados Verdes?

_____

_____

_____

_____

_____

2 Os cidadãos prado-verdenses só começam a respeitar e confiar no forasteiro depois de uma mudança radical na vida dele. Que mudança é essa?

_____

_____

3 O "sobrinho" causa muita confusão na cidade de Prados Verdes. Numere suas "macaquices" na sequência correta dos acontecimentos.

( ) Começa a ter aulas de danças com um velho francês, nas quais pula como louco, dando piruetas e rodopios que deixam o professor tonto.

( ) Começa a frequentar a Taberna do Rochedo, onde joga boliche e, em diversas ocasiões, entra com bola e tudo na pista.

( ) Participa do concerto da cidade, no qual cantaria em dueto com a filha do prefeito, mas, em vez disso, atira o sapato na cabeça do organista.

( ) É frequentemente perseguido pelo tio, que o castiga com um chicote, e corre a uma incrível velocidade pela casa, gritando muito, e vestido de fraque vermelho e calças verdes, com os cabelos eriçados.

( ) É apresentado à sociedade e, nas visitas que faz, pula nos sofás e põe os pés nas poltronas.

( ) Responde de forma grosseira ao oficial-porteiro, em uma língua incompreensível, no portão da cidade.

Um pouco de geografia

1. A história se passa numa cidadezinha do sul da Alemanha. Consulte um atlas e escreva na linha abaixo a qual continente esse país pertence.

_____

2. Agora observe o mapa abaixo. Ainda com a ajuda de um atlas, identifique a Alemanha e sua capital.

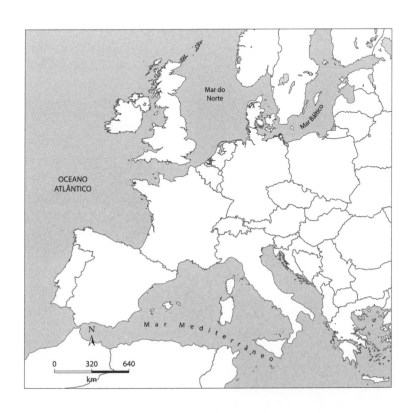

Um pouco de ciências

1 Quase no final da história, um dos personagens identifica o sobrinho do forasteiro como um orangotango, ou *Homo troglodytes linnaei*. Esse nome esquisito é a nomenclatura do animal segundo a taxonomia científica, uma forma de classificação dos organismos vivos. A forma de classificação mais utilizada até hoje é a taxonomia de Lineu, elaborada pelo zoólogo sueco Carl von Lineu no século XVIII. Com a ajuda do professor de Ciências, faça uma pesquisa a respeito dessa classificação e depois descubra qual o nome científico do orangotango.

2 O orangotango, devido à ocupação humana em áreas florestais, está em risco de extinção, ou seja, ameaçado de desaparecer. O que você pensa sobre isso?

O que você sabe sobre os orangotangos? Faça uma pesquisa em livros ou na internet e descubra as respostas para as informações abaixo.

Nome científico	
Habitat (locais onde vivem)	
Alimentação	
Tamanho	
Reprodução	
Risco de extinção	

Você é o autor!

No conto de Wilhelm Hauff, a cidade de Prados Verdes demora a perceber que o jovem inglês é, na verdade, um macaco. Imagine que você é o autor. O que aconteceria na sua versão do conto? Reescreva o trecho da história que você escolheria para que as pessoas descobrissem a verdade sobre o estranho sobrinho do forasteiro e o que aconteceria a esses personagens após a descoberta.

Sua opinião

1 O forasteiro era visto como uma pessoa "suspeita", apenas porque vivia de maneira diferente das pessoas da cidade. Em sua opinião, por que é tão difícil para nós aceitar estilos de vida ou jeitos de ser diferentes dos nossos?

_____

_____

_____

_____

_____

_____

_____

2 Para se comportar como gente, o orangotango era domesticado com muita violência pelo forasteiro. O que você pensa sobre a crueldade e os maus-tratos contra animais?

_____

_____

_____

_____

_____

_____

_____

3. No início da história, ficamos sabendo que se trata de um conto escrito numa época em que não havia os tipos de divertimentos que temos hoje, como *internet*, *videogames*, filmes, televisão. Use sua imaginação e desenhe no espaço abaixo uma cena que represente o modo como as crianças se divertiam na época da história.

Quem foi Wilhelm Hauff?

Wilhelm Hauff nasceu em Stuttgart, na Alemanha, em 29 de novembro de 1802. Aos sete anos, perdeu seu pai e mudou-se com a mãe e os irmãos para a casa de seu avô, onde encontrou uma grande biblioteca à disposição e leu tudo o que pôde, dando preferência às histórias de aventuras. Depois de formado, tornou-se preceptor dos filhos de uma família de nobres. Foi para eles que Hauff escreveu seus primeiros contos de fadas.

Casou-se em fevereiro de 1827 com sua prima Luise, de quem estava noivo havia três anos. Em 10 de novembro nasceu sua filha Wilhelmine. Hauff estava muito doente e morreu uma semana depois, sem ter completado 25 anos. Sua vida foi muito curta, mas ele produziu um número muito grande de obras nesses poucos anos de vida adulta.

Quem é Myriam Ávila?

Myriam Ávila nasceu em Belo Horizonte (MG), em uma família de escritores. Quando criança leu toda a seção de livros infantojuvenis da Biblioteca Pública Estadual, onde sua mãe trabalhava.

Já formada, morou durante três anos na Alemanha, onde realizou pesquisas sobre humor e *nonsense*. É especialista na obra de Lewis Carroll (*Alice no país das maravilhas*), sobre a qual escreveu um livro, o primeiro escrito originalmente em português sobre esse autor.

Professora da Universidade Federal de Minas Gerais, traduziu do inglês e do alemão vários livros de viajantes estrangeiros no Brasil.

Quem é Laurent Cardon?

Laurent Cardon é francês. Graduou-se pela escola de animação Gobelins, em Paris. Diretor de arte, ilustrador, animador, supervisor de produções de animação e professor de cinema para menores, é um dos criadores do estúdio de grafismo e animação Citronvache. Ilustrou inúmeros livros infantis e juvenis e ganhou o prêmio FNLIJ duas vezes – com *Alecrim*, de Rosa Amanda Strausz, e *Procura-se lobo*, de Ana Maria Machado.